Amelie Riedell
DIE KUNSTOASE

AMELIE RIEDELL

DIE KUNSTOASE

Eine Vision zum Manifestieren

BoD - books on demand

Bibliografische Information der Deutschen Nationalbibliothek: Die Deutsche Nationalbibliothek verzeichnet diese Publikation in der Deutschen Nationalbibliografie; detaillierte bibliografische Daten sind im Internet über dnb.dnb.de abrufbar.

© 2024, Amelie Riedell
Verlag: BoD · Books on Demand GmbH,
In de Tarpen 42, 22848 Norderstedt
Druck: Libri Plureos GmbH,
Friedensallee 273, 22763 Hamburg

ISBN: 978-3-7693-1923-1

NAMASTE – Ich grüße das Göttliche in Dir!

Diese Visionsgeschichte begann mit einer Idee, die weiterwachsen wollte...
Denn der achte Schöpfungstag beginnt und die Menschheit schöpft diesen selber.
Viele Visionen vereinigen sich und werden schließlich zu einer kraftvollen neuen Zeitlinie, die uns dort hinbringt, wo wir einst gestartet sind, in die universelle Liebe. Jeder ist freiwillig hierher gekommen, um sich selbst zu erfahren in der Illusion von Trennung und Angst.
Niemand wird uns befreien, wenn wir es nicht selber tun und die Zeit ist überfällig, unsere Schöpfermacht bewusst für Heilung, Freiheit, Fülle, Freude und Frieden einzusetzen. Bisher dienten wir mit unserer Angst, Schuld, Wut und Starre den Sklaventreibern, die unsichtbar das Weltgeschehen lenkten.

Wir gaben ihnen die Macht über uns. Was uns verboten wurde, war der Weg in die Freiheit: die weibliche Urkraft, weibliche Sexualität, natürliche Geburt sowie Sterben, natürlicher Geldfluss und Intuition aus der Seele. Das ist jetzt vorbei!

Möge meine Vision Euch inspirieren und stärken, denn niemand ist allein!

Natürlich leben in der Kunstoase

Das weiße Schloss

Heute werde ich vom Sonnenstrahl geweckt, der durch mein Bauwagenfenster herein strahlt. Es ist Juli und zwischen Bauwägen, Tinyhäusern und Jurten stehen die Kirschbäume voller Früchte. Ich brauche nach dem Aufwachen 1-2 Stunden für mich und gehe zum üppig bewachsenen und blühenden Meditationsplatz an der Feuerstelle. In meiner Morgenmeditation erfahre ich, was an diesem Tag für Themen anliegen, womit mein Körper sich gerade beschäftigt und was meine Seele braucht. Ich lerne von der geistigen Welt die größeren Zusammenhänge kennen oder sinniere über einen morgendlichen Traum vor dem Aufwachen.
Hier befindet sich auch der Garten des Friedens mit wunderschönen Mandala-artigen Blumenbeeten, Büschen, Mandelbäumen und einem kleinen Wasserfall. Verspielte

Schmetterlinge laden zum Staunen ein. Motivierte Bienen sammeln Nektar aus den duftenden Blüten. Überall stehen Skulpturen aus recyceltem Material und einige größere Kristalle. Hier fühle ich mich besonders verbunden mit Mutter Erde, den Naturwesen, den Steinen, Pflanzen und Tieren. Natürlich auch mit den Menschen. Unter Begrüßung verstehen wir hier eine längere Umarmung, bei der sich die Chakren verbinden. Manche Menschen verbinden sich auch im Bonding oder YabYum, der tantrischen Umarmung.

Nach meiner Tibeter-Session treffe ich auf einige Kinder und laufe ballspielend mit ihnen herum.

Ein kleines Mädchen in einem bunten Leinenkleid schenkt mir einen Blumenkranz.

Eine altersgemischte Gruppe von Kindern bleibt vor mir stehen und bittet mich um ein Interview.

Während ein etwa 10 jähriges Mädchen einige Fragen zum Thema Lebenskonzepte abliest, schreibt ein anderes Mädchen meine Antworten auf. Ein 8- jähriger Junge filmt mich während des Interviews und ein 5 jähriges Mädchen steckt mir einen handbemalten bunten Zettel zu. Es ist eine Einladung zur Präsentation der unterschiedlichen Interviews in einigen Tagen.

Da jeder Mensch hier seinen individuellen Rhythmus lebt, gibt es Zeiträume von jeweils drei Stunden für die beiden Hauptmahlzeiten des Tages: von ca. 9.00-12.00 Uhr und von ca. 16.00-19.00 Uhr. In der Küche wird frei, kreativ und künstlerisch das Essen zubereitet; falls sich niemand findet, gibt es noch die Selbstbedienung. Vom Gemüsefeld und aus den Gewächshäusern wird fast täglich die Ernte einschl. der Wildkräuter hereingebracht. Auch im Winter kann im mit Erdwärme beheizten Gewächshaus geerntet werden. Selbstverständlich bauen wir auf bioveganen Humus an.
Der Urin in den Trenntoiletten wird zu Dünger aufbereitet. Wer Tierleichen und Medikamente in seinem Organismus trägt, wird gebeten, auf eine der Toiletten im Haus zu gehen. Es wird nicht immer eingehalten

und hat auch schon für Widerstand gesorgt, doch leider wachsen die Pflanzen, die wir essen, aus der Erde, die neben Pflanzenabfällen auch mit den Produkten der Biotoiletten angereichert wird.

Da wir auch Tiere halten und in biologischen Kreisläufen leben, düngen wir mit Ziegen- und Schafsmist sowie Pferdemist unsere Blumenbeete sowie das Zwiebel-Kartoffelfeld für Nicht-Veganer. Aus Schafs - und Ziegenmilch stellen wir unseren eigenen Käse her. Da viele Vegetarier unter uns leben, müssen wir noch Milchprodukte von einem Biohof in der Nähe dazukaufen bzw. gegen Gemüse tauschen.

Meist finden sich begeisterte Menschen, die biovegane Mahlzeiten zaubern, mit Blüten verziert und zu einem bunten Mandala zusammengestellt. Ein großzügiger Obstgarten schließt sich dem Gemüsefeld an. Wir ernten gemeinsam Pfirsiche, Kirschen, Aprikosen, Pflaumen, Quitten, Birnen und natürlich Äpfel, welche wir in der hauseigenen Saftpresse weiterverarbeiten. Auch Walnussbäume und Esskastanien wachsen hier neben zahlreichen Haselsträuchern.

In einem der Gewächshäuser experimentieren wir mit Südfrüchten wie Citrusfrüchten, Bananen, Kiwis, Mangos, Litschis, Datteln, Feigen, Avocados und Ananas. Es ist aber noch ein Experimentierfeld, da jede Obstsorte unterschiedliche Boden- und Klima-Verhältnisse benötigt.
Der Speiseraum ist mit schönen Bildern, Fotografien und Skulpturen verziert. Auf der Terrasse sonnen sich Blumen, Steine, eine Buddhastatue und Himbeersträucher.
Das ehemalige Schloss bietet Platz für ca. 100 Bewohner, 25 Seminargäste, Kunstateliers im obersten Stockwerk, Heil- und Therapie Räume sowie einem Geburtsraum. Im ersten Stockwerk befinden sich der Gästebereich mit 15 Betten, ein Kulturcafe, ein Studio, Büros und der Wellnessbereich mit Sauna. Des weiteren gibt es im Erdgeschoss einen großen Festsaal mit Bühne.

Die großzügige Mamortreppe, die bis zur Dachterrasse über der fünften Etage reicht, ist mit allerlei Kunsthandwerk, Schnitzereien und Bildern verziert.

In den Nebengebäuden befinden sich Werkstätten, eine Töpferei, ein Umsonstladen, einige Schulräume mit Lern- und Forschungsmaterial, eine gemütliche Bibliothek, ein Seminarraum, ein Kinderhaus und ein Gartenhaus. Schöne Plätze im Garten und dem angrenzenden Waldstück laden zu intensiven hingebungsvollen Gesprächskreisen ein.

Ein Hochseilgarten im angrenzenden Wald befindet sich noch im Bau. Die Idee dazu brachte ein junger Sportler mit, der sich freute hier seine langgehegte Vision manifestieren zu können. Er fand sofort begeisterte Mitwirkende. So sind auch die meisten anderen Projekte entstanden. Jeder hier trug vorher starke Sehnsüchte in sich; Sehnsüchte, Visionen zu manifestieren, um der Selbstverwirklichung gerecht zu werden. Im patriarchalen System war dies in den allermeisten Fällen gar nicht oder schwer möglich.

Der ständige Mangel an Zeit, Kraft und Geld blockierten jegliche Kreativität, die über die „erlaubte" systemgesteuerte Kunst hinausging. Die traumatisierte Menschheit besaß ein völlig blockiertes Halschakra. Frei Sprechen, frei Denken, frei schaffen, freie Tagesabläufe, das war verboten und kann hier geheilt werden. Alle Träume, die tief aus der Seele der Menschen kommen, dürfen hier gelebt werden.

Bei zeitaufwändigen Projekten vereinbaren wir ein Zeitfenster, bei geldintensiveren Projekten dürfen die Finanzierungskünstler ihre Gaben zeigen.

Auf der weiten Obstwiese und einem benachbarten ehemaligen Golfplatz stehen Dutzende von Bauwägen, Tinyhäusern, Hobbithäuser sowie einige Geodome. Dahinter entsteht gerade ein Earthship. Am Waldrand befinden sich auch eine geräumige Schwitzhütte auf dem von Birken umrandeten Schamanenplatz und einige

Liebeshöhlen, in die sich Bewohner und Gäste zurückziehen können.

An Wochenenden und in den Schulferien bekommen wir Besuch von vielen, vielen Menschen, vorwiegend Familien aus der Stadt. Manche Kinder besuchen hier auch täglich den Freilernort, eine Art Freie Schule. So findet eine Verbindung zwischen dem alten und dem neuen System statt.

Das Motto „Raus aus dem künstlichen Leben, rein in die natürliche Kunstoase" fasziniert seit 7 Jahren nicht nur Systemaussteiger. Das Wortspiel „künstlich-natürlich" erweckt die Experimentierfreude. Führt die Kunst nicht in Wirklichkeit in das natürliche Leben, welches der Mensch vor langer Zeit verlassen hatte? Um das künstliche Leben fern der Natur zu erfahren?

Und nun, nachdem die Natur einschließlich des Menschen fast gänzlich zerstört worden war, geschieht die Besinnung auf das, was wirklich Leben ist, ein natürliches, freies, kreatives Sein; die Kunst führt den Menschen aus der künstlichen Welt in die Natur des Kosmos. Und schließlich hatte doch

Beuys erkannt, dass jeder Mensch ein Künstler ist und jede Gemeinschaft eine soziale Plastik.

Nachdem einige Gelder nebst Crowdfounding zusammengelegt worden waren, konnten wir als Genossenschaft diese wundervolle Oase erwerben und mit autarker Energieversorgung ausstatten.

Weitere Sponsoren decken den größten Teil des noch laufenden finanziellen Bedarfs. Einige Millionäre hatten erkannt, dass sie mit ihrer weiteren Teilnahme am Kapitalismus Kriege finanzieren und unterstützen seitdem lieber Friedensprojekte. Ein Milliardär, Hubertus E. Meyer, verirrte sich vor einigen Jahren hierher und ist seitdem unser wichtigster Sponsor mit vielen eigenen lebensfrohen Ideen.

Es wirken hier auch Menschen, die mit viel Freude finanzielle Kunstwerke schaffen und somit die Ausgaben für Dinge, die wir noch nicht selbst herstellen, decken können. Das Brot backen wir zwar selbst, doch müssen die Getreidesorten noch bestellt werden. Auch vieles Baumaterial und z.B. Fenster können wir nicht selbst herstellen und mit anderen Kunstoasen nur bedingt tauschen. In unserer Recycle-Station kommt jedoch aus der Umgebung viel Material zusammen, welches wir hier wiederverwerten können, ob als Baumaterial oder Kunst. Ganz im Sinne der Schenkökonomie und der Tauschlogikfreiheit kann hier jeder Mensch geben, was er geben möchte und empfängt dafür alles, was er braucht. Da hier jeder Mensch glücklich ist, braucht auch niemand den Konsum.

Es gibt allerdings die Regel, drei Stunden täglich für die Gemeinschaft zu wirken. Wenn man einen Ruhetag braucht, können diese drei Stunden an anderen Tagen gegeben werden. Es gibt auch Putzpartys und „Rödeltage" für alle. Wer nicht dabei sein mag, schenkt diese Zeit an anderen Tagen der Gemeinschaft. Gemeinschaftsdienst beinhaltet Garten, Küche, Bauen, Renovieren, Büro, Vernetzung, Technik, Planung von Veranstaltungen sowie alles, was der Gemeinschaft dienlich ist.

Bei den Heilangeboten steht es jedem frei, ob die Zeit der Gemeinschaftsarbeit gutgeschrieben wird oder ein direkter Energieausgleich stattfindet.

Meist geben wir aus Freude mehr Stunden als nötig. Natürlich könnte dies nicht funktionieren, wenn die meisten von uns den ganzen Tag musizieren und malen würden und der Garten verdorrt, die Küche kalt und die schönsten Ideen zur Autarkie in der Luft bleiben würden. Daher gibt es an jedem Abend eine Orga-Runde und eine große Tafel im Speiseraum, auf der aufgelistet wird, wofür am nächsten oder übernächsten Tag Helfer gebraucht werden. Für jeden Bereich gibt es zwei Verantwortliche…

Für größere Projekte kann sich jeder an einem Dragon dreaming beteiligen und ein übersichtliches Aufgabenfeld erhalten.

Zur Frequenzerhöhung und energetischen Reinigung des gesamten Ortes dient uns ein großer Sphären Harmonizer, der im Schlossgarten auf einem wiederentdecktem und gereinigtem Kraftplatz aufgestellt wurde. Da er sich mit anderen Harmonizern vernetzt, entsteht in Europa nach und nach eine immer intensivere Schwingungserhöhung.

Darüber hinaus befinden sich mehrere große Kristalle auf dem gesamten Grundstück. Das Ergebnis ist eine nie gekannte Vitalität bei Mensch,Tier und Pflanze. Durch die hohe Schwingung wird auch die Psyche gereinigt, was für viele Menschen noch nicht dauerhaft ertragbar ist, da sie ihre Schattenthemen noch nicht ansehen möchten. Doch das Loslassen alter Glaubensmuster und Traumata erzeugen geistige Klarheit, Herzoffenheit und ein Erwachen in höhere Gehirnfähigkeiten. Die Zirbeldrüse kann wieder als Antenne und Sender agieren. Von Zeit zu Zeit finden auch Workshops und Infotage statt mit neuesten Erkenntnissen aus der spirituellen Wissenschaft.

Ich bin Teil des achtköpfigen Weisenrates. Was im Machtsystem Politik genannt wird, sind in den Kunst- und Heilungsoasen die Kreise von spirituell erwachten, weisen Frauen und Männern mit sehr viel Lebenserfahrung sowie einige Regenbogenkinder. Wenn wir uns treffen, teilen wir unsere Botschaften aus der Geistigen Welt, visualisieren, beten und

meditieren gemeinsam, um die kollektive Vision einer Friedenskultur nach und nach in die materielle Realität zu manifestieren.
Andererseits geht es auch immer um Heilung der prägnanten Fälle, wie zum Beispiel Psychopathen, Egozentriker und Menschen mit starkem Suchtverhalten, da diese das Gemeinschaftsleben gefährden. Die Ergebnisse und auch Entscheidungen werden dann im Plenum vorgestellt. Als Entscheidungsträger trägt der Weisenrat eine große Verantwortung. Doch Einwände werden selbstverständlich berücksichtigt. In allen Bereichen wie Finanzierung, Energie, Ernährung, Bauen, Öffentlichkeit und Vernetzung, Veranstaltungen, Kinder usw. gibt es ja die Verantwortlichen. Einmal im Monat und nach Bedarf kommen die Koordinatoren aller Gruppen zusammen. Jeder Mensch ab vierzehn Jahren kann sich einem oder mehreren Gruppenräten zuordnen und halbjährlich wechseln.
Diese Regelungen sind natürlich jederzeit veränderbar.

Zum Frühstücken nasche ich mich durch den Essgarten, der sich in einer paradisischen Fülle befindet. Auch einige andere Spätaufsteher essen hier Kirschen, Erdbeeren, Johannisbeeren, Stachelbeeren, Mirabellen und Wildkräuter. Dazu trinken wir Wasser aus der Quelle, die hier entspringt. In einer Nische stehen einige junge Birken, dazwischen baut ein Vater mit seiner kleinen Tochter ein Elfendorf aus Minihäusern, Minitischen und – bänken.

Ich umarme ausgiebig einige Menschen, das fördert bei jedem von uns die Herzqualitäten und lässt das Oxytocin fließen. Mit dem Ver-Bindungshormon entstehen automatisch Räume der Liebe, der Freude und der Vitalität. Der Liebesvirus ist hoch ansteckend und verbrennt alte patriarchale Strukturen!

Ich tausche mich über Neuigkeiten aus und vereinbare einige Termine für meine Berührungs- und Heilkunst. In diesem Bereich bin ich kompetent, ebenso in der Geburtsbegleitung und dem Erschaffen von heiligen Räumen. Manchmal widme ich mich, einer inneren Eingebung folgend, der Schreibkunst, der Musikkunst und dem freien Ausdrucks-Tanz. An Theater-Veranstaltungen nehme ich auch gerne teil. Darüber hinaus besuche ich manchmal das Mal-Atelier oder zaubere köstliche Mahlzeiten für 200 Menschen. Oder ich helfe im Garten oder auf einer der zahlreichen Baustellen.

Das geht hier fast allen so, die Seele fühlt sich frei und der Körper möchte sich erfahren in der Vielseitigkeit des Seins.

Jeder Mensch ist freiwillig hier und kann tun und lassen, wozu er Lust hat. Und dennoch werden alle Bedürfnisse erfüllt. Manche Bauvorhaben brauchen bis zu ihrer Fertigstellung etwas länger als im patriarchalen System, dafür schwingt hier alles, was ein Mensch erschafft und mit Liebe gestaltet, sehr hoch. Hier darf jeder seine konditionierten Pflichtgefühle ablegen und der inneren Motivation lauschen. So konnten sich hier schon viele Systemgeschädigte von ihren Burn-outs, Süchten, Depressionen und Langeweile heilen.

Überall wird gesungen, getanzt, gefachsimpelt, philosophiert und gelacht. Viele Gegenstände sowie Verzierungen werden schon im 3D-Druck- Verfahren hergestellt. Als Rohmaterial verwenden wir die Fasern von Hanf und Brennnesseln. Beides bauen wir hinter dem Gemüsefeld neben anderen Heilpflanzen an.

Morgen wird unser Zeppelin seinen ersten Probeflug starten. Daher erwarten wir viele Gäste. Der Zeppelin wurde in einem komplizierten Verfahren als Kunstobjekt genehmigt und das Fliegen damit mit vielen Auflagen behaftet. Das Geld für das Material wurde von Hubertus gesponsert. Er wird natürlich morgen mit seinem Hubschrauber hier landen und Ehrengast sein. Die Idee, einen Zeppelin zu bauen, brachte einer der Bewohner mit und fand sofort Zustimmung. Entgegen aller Zweifel, ob diese Vision überhaupt manifestierbar und realisierbar ist, verbrachten wir einige Tage mit Dragon dreaming. Dann wurde der einsame Milliardär auf uns aufmerksam und sagte, es sei ein Kindheitstraum von ihm, einen Zeppelin zu fliegen. Er sponserte nicht nur dieses Projekt, sondern ließ auch seine Verbindungen spielen, um Gesetze zu umgehen, die dieses Projekt nicht möglich gemacht hätten. Er besucht uns häufig, wenn er mal wieder das Leben spüren möchte und hat sogar sein altes Saxophon mitgebracht, auf welchem er jahrelang nicht gespielt hatte.

Gegen Mittag gehe ich im nahegelegenen See schwimmen und begegne wiederum liebevollen Menschen. Wir singen spontan einige Mantren und denken uns phantasievolle Geschichten aus. Ich treffe eine Schwangere, mit der ich schon länger ein Vorgespräch für meine Geburtsbegleitung als Doula führen wollte. Nun berate ich sie hier ganz spontan und wir fühlen uns tief verbunden. Es wird ihre erste Geburt sein und ich werde ab heute viel Zeit mit ihr verbringen, damit sich bis zu Beginn der Geburtswehen die alten Konditionierungen von Angst und Schmerz aufgelöst haben werden. Eine Geburt gilt hier als heilige und lustvolle Initiation in die Urweiblichkeit.

Etwa zur gleichen Zeit setzen sich viele der hier Anwesenden zur spontanen Esperanto-Lernstunde in den Schatten einer großen Buche zusammen. Esperanto ist eine künstliche Friedenssprache, die durch die einfache Grammatik und ein logisch aufgebautes Vokabular von jedem Menschen der Welt leicht erlernbar ist.

Später schlendern wir als Gruppe langsam zurück zum weißen Schloss. Hinter dem Wald erblicken wir das riesige bunte Eingangstor. An diesem Tor hängen Schlüssel in den sieben Regenbogenfarben. Diese haben die Mitspieler des Schlüsselspiels mitgebracht: der Schlüssel ist das Symbol für den Weg in die 5. Dimension. Dieses Spiel wurde vor vielen Jahren von mir und einem Freund erfunden und sollte der Vernetzung und dem Crowdfounding dienen. Damals waren die allermeisten Menschen allerdings noch zu sehr in einer „Ernsthaftigkeit", also dem Ernst des Lebens verhaftet sein, gefangen. Daher brauchte es noch einige Jahre, bis die Rucksäcke, die ich unter die Menschen gebracht hatte, weitergereicht wurden. Doch

dann wurde dieses phantasievolle Spiel zum Selbstläufer und immer mehr Menschen spendeten Geld, Baumaterial und Kulturstücke. Wir vernetzten uns in einer Telegramgruppe.
Über den Schlüsseln leuchtet in bunten Farben:
NATÜRLICH LEBEN IN DER KUNSTOASE.

Der Parkplatz ist schon jetzt überfüllt von Pkws und Wohnmobilen. Wir teilen unsere Ideen über ein Abholsystem mit dem Zeppelin, Carsharing und die Fortschritte der KFZ-Werkstatt für Wasserstoff betriebene Fahrzeuge. Wir entdecken einen wasserbetriebenen Lkw mit Olivenöl, Südfrüchten und Kalami aus Griechenland, der uns mit Gütern aus dem vernetzten Greeceful-peace- Projekt auf dem Peloponnes versorgt. Er wird dann mit unseren Produkten wiederum andere Gemeinschaften anfahren. Auch mit der entstehenden Heilungsoase auf La Gomera sind wir gut vernetzt.
Hinter einem zweiten kleineren Tor, an dem auch schon einige bunte Schlüssel hängen,

befindet sich der Küchengarten mit einer großen Kräuterspirale. Eine altersgemischte Gruppe von Kindern scharrt sich um eine 90-jährige Großmutter, die mit viel Hingabe ihre Weisheiten weitergibt. Sie zog vor einigen Jahren hierher, nachdem sie den Wunsch zu sterben, aufgegeben hatte. Sie setzte dann ihre Medikamente ab, stellte den Rollator ins Kinderhaus und fiel in die Freude. So erging es auch anderen Eltern und Großeltern von uns. Sie stellten ihre Lebensweise und Ernährung um und konnten sich von Krankheiten, Demenz, Glaubensmustern und Kriegstraumata befreien. Manche wurden sogar aus dem Seniorenheim befreit.

Auch einige meiner Kinder und Enkel leben hier bereits, da Familien hier immer Willkommen sind. Sogar mein älterer Sohn, der sich ganz dem kapitalistischem System verschrieben hat, besucht uns manchmal mit seiner Familie. Die Kinder sind hier glücklich und seine Ex-Frau hat sich bereits entschieden, dass sie mit den Kindern hierher ziehen wird.

Nach kurzem Geplauder zieht es mich in meinen Bauwagen zurück. Ich esse noch Haferflocken mit Datteln, Feigen und Nüssen, die ich noch auf Vorrat habe. Die Walnüsse stammen von der letzten Ernte und die Südfrüchte wurden von Reisenden aus dem Süden mitgebracht. Wer in der Küche mitwirkt, kann sich eine entsprechende Menge an Vorräten für den privaten Gebrauch mitnehmen.

Das hat bisher immer funktioniert, da hier niemand mehr auf den eigenen Vorteil bedacht ist.

Ein bisschen Aufräumen, dann wandere ich zur Hobbithaus - Baustelle und bin entzückt von den harmonischen Rundungen und weichen Natur-Farben. Auf dem Gelände daneben stehen schon Reihen von jungen Bäumen, die immer wieder speziell verflochten werden, so dass sie in ca. 20 Jahren als Hausbäume dienen können. Mein Weg führt mich an der Pferdekoppel, dem Hühnerhof und einigen Ziegen vorbei, die freundlich mit mir kommunizieren. Mein Lieblingshund, der einfach zur Kunstoase gehört, begegnet mir und begrüßt mich wedelnd und leckend. Der Terriermix schläft manchmal bei mir im oder unter dem Bauwagen und hält somit Ratten und Mäuse fern.

Ich gehe an den Solarduschen und Kompostklos vorbei. Im Haus wurden ebenfalls alle Sanitären Anlagen umgebaut. Das Abwasser wird mehrfach genutzt und schließlich in den Klärteich geführt.

Die Erforschung der Freien Energie geht voran, sodass wir in absehbarer Zeit auch auf Kristalltechnologie umstellen können.

Ich besuche kurz die Werkstatt für 3D-Druck, wo heute wieder ein Gitarrist das Werken begleitet.

Danach begebe ich mich beschwingt in den Massageraum, um zwei heilende Massagerituale mit therapeutischem Gespräch zu geben. Es gibt hier zwar Termine, Uhren und eine Struktur, sogar Regeln für Menschen, die dieses noch brauchen; ich übe mich darin, meiner inneren Uhr zu folgen und kommuniziere immer häufiger telepathisch.

Ich komme pünktlich im Massageraum an, da mein erster Massagegast sich verspätet. Im Nebenraum findet grade noch eine lautstarke Lösung emotionaler Blockaden statt. Ich drehe meine Meditationsmusik voll auf. Meine Art, Akzeptanz zu leben... wie von göttlicher Hand geführt hält diese Lautstärke nur ca. 10min an. Nach den Behandlungen treffe ich noch einen Osteopathen, der mich bald behandeln wird.

Auf dem Weg zum Abendessen, ich erwische grade noch ein Linsengericht mit Salatresten, entdecke ich ein heute fertiggestelltes 3D-Bild auf der hinteren Hausfront. Ich gratuliere dem Künstler und werde ihm als Dank nächste Woche eine Massage geben. Er freut sich sehr.

Geben und Empfangen heißt eines der kosmischen Gesetze, nach denen alle Menschen hier leben.

Daher helfe ich nach dem Essen gerne noch in der Küche. Wir singen beim Abwaschen und vergnügen uns mit einer kleinen Wasserschlacht.

Die tägliche Redekreisrunde hat schon begonnen, doch sind heute keine für mich relevanten Themen dabei. Der Plan für morgen steht fest, jeder in der Gemeinschaft übernimmt kleine Aufgaben. Die Gäste haben alle ihre Unterkunft und Essensvorräte sind auch genügend da. Jeder Gast kann natürlich seine mitgebrachten veganen und vegetarischen Vorräte in der Küche abgeben.

Wer eine andere Ernährungsform lebt, ist dafür selbstverantwortlich.

Als Rahmenprogramm dient die offene Bühne auf unserem kleinen Festivalgelände am See. Dort werden einige Bands spielen, gegen Erstattung ihrer Fahrtkosten, und einige Menschen unserer Gemeinschaft werden Vorlesungen, Vorträge und Impro-theater anbieten.

Es gibt spezielle Ansprechpartner, die morgen Gästeführungen veranstalten und zu allen Fragen Antworten geben können. Das gesamte Gelände wurde schon dekoriert und ich werde morgen mal früh aufstehen und mich an den letzten Vorbereitungen beteiligen.

Nun begebe ich mich an das große Lagerfeuer, wo allerdings gerade eine Debatte stattfindet. Mein jüngster Sohn ist heute Abend angekommen und in eine Grundsatzdiskussion verwickelt. Einem Menschen geht es um Akzeptanz und Urteilsfreiheit, seinem Diskussionspartner um Respekt. Mein Sohn schlichtet schließlich und schaut mich freudig an. Dann verschwinden wir zu dritt in der Raucherecke, um zu plaudern. Hier wie überall wird immer wieder das Thema Drogen heiß diskutiert. Da es fast so viele Süchte wie Menschen gibt, führen diese Diskussionen meist nicht weit und wir erkennen zumindest, dass die Auflösung von Traumata und die Schwingungserhöhung jegliches Suchtverhalten mindert, ohne durch künstliche Disziplin und Verzicht die Lebensfreude zu unterdrücken. Denn diese möchten wir ja alle fördern auf dem Weg in die bedingungslose Liebe und den Weltfrieden. Andere Diskussionsthemen wie

Hundehaltung, Impfen, 5G, Internet, Ernährung oder Selbstverantwortung können meist durch Schattenarbeit aufgelöst werden. Es bestätigt sich so immer wieder, dass Widerstände, Vorurteile und Ängste in den Menschen niemals über persönliche Entfaltungsmöglichkeiten der Mitmenschen herrschen dürfen, sondern heilbar und transformierbar sind. Wer auf seinem persönlichen Opferverhalten beharren möchte, geht auch wieder und psychopathische Narzissten, die ihre Schöpferkraft in energetischen Übergriffigkeiten missbrauchen und keinerlei Heilung zulassen, werden hier ebenfalls nicht landen können.

Ich biete meinem Sohn, seiner neuen Freundin und seinem Hund meinen Bauwagen als Übernachtung an. Ich werde dann einer Einladung eines Freundes nachkommen. Mein Sohn wird morgen Abend als Beatboxer auftreten, er hat sogar einen Looper dabei.

Nun gehe ich die lange, barocke Schloss Treppe bis ganz nach oben und hole meine Didgeridoo aus dem Musikzimmer im Turm.

Von dort gelangt man auf eine Dachterrasse, wo ich manchmal die gesamte Kunstoase mit Obertonklängen bespiele. Oft gesellt sich noch ein Handpanspieler dazu. Dann wird es richtig magisch. So etwas haben wir für morgen auch angedacht, wenn der Zeppelin startet.

Wir erreichen wieder das Lagerfeuer, wo nun nicht mehr gesprochen wird. Die große Runde hier ist nun dabei zu singen, zu trommeln, zu beatboxen, und ich treffe einige Didgeridoospieler.

Nach der Session sitze ich im Kreis einiger Gäste, die zum ersten Mal die Kunstoase besuchen. Diese übernachten im Gästebereich, wo sich auch ein Internetcafe, eine Infotafel über alle derzeitigen 5D-Projekte sowie das Kulturcafe mit offener Bühne befinden. Veranstaltungen finden hier statt, wenn sich Menschen dazu aufgerufen fühlen. Gäste und Reisende können hier unbürokratisch und tauschlogikfrei ankommen und erhalten auf Wunsch eine Führung.

Nachmittags am See hatte ich einen alten Freund wiedergesehen und mit ihm für heute Nacht ein tantrisches Ritual für den Weltfrieden vereinbart. Ich schlendere mit ihm Arm in Arm langsam in Richtung Bauwagenplatz. Niemanden stört es und alle wünschen uns eine wunderschöne Nacht.

Wir begegnen anderen Pärchen, die sich heute kennengelernt, wiedergetroffen oder vor langer Zeit verliebt haben. Selbstverständlich sind auch diverse Paare darunter.

Die Liebe ist die Basis der Kunst, besonders der Liebeskunst und des Beziehungs-Kunstwerkes.

Die Liebe nährt die LebensFreude, die Freiheit des Seins und den WeltFrieden. Liebe ist und sie wurde viel zu lange eingesperrt, wodurch Angst, Wut und Hass, schließlich Kontrolle, Gewalt und Kriege entstanden sind.

Doch hier, in unserer Kunstoase, ist etwas anderes geschehen: Durch die Macht der Liebe in all ihren sieben Facetten vom Eros über die Selbstliebe, die Familienliebe, die gewachsene Liebe, die Liebe zum Projekt, die verspielte Liebe bis zur Agape entfaltete sich ein heiliger Raum auf dem 40ha großen Grundstück mit dem weißen Schloss, der noch einige Kilometer in alle Richtungen ausstrahlt. Hier ist ein intelligenter, friedlicher, freudvoller, freier, reicher und kreativer Heilungsraum entstanden. Da mehr und mehr Heilungsoasen wachsen, entfaltet sich gerade ein großes Netzwerk in die fünfte Dimension hinein, verbunden mit der heiligen Matrix. Eine neue Zeitlinie ist entstanden, Erde 2 wird zur Realität. Mensch nimmt wieder teil an der göttlichen Schöpfung.

DER START DES ZEPPELINS

Am nächsten Morgen brauche ich keine Meditation, da ich fast die ganze Nacht in heiliger Ekstase meditiert habe. Mein Herz und meine Zirbeldrüse sind noch eins mit dem Universum und mein Körper vibriert. Es wird ein sehr guter Tag werden.

Ich und mein nächtlicher Partner nehmen am Agnihodra Ritual teil. Dieses findet zu besonderen Anlässen zum Sonnenaufgang auf dem Schamanenplatz statt. Es sind heute viele Frühaufsteher dabei, obwohl der gestrige Abend für manche in den frühen Morgenstunden endete.

Mit der Asche werde ich später den Zeppelin segnen.

Auch unser Milliardär nimmt an dem Ritual teil, es ist seine erste Teilnahme an Agnihodra. Er ist begeistert. Bevor die Runde sich auflöst, möchte er uns etwas mitteilen:

„Ihr Lieben, ich möchte euch jetzt etwas sagen, was sich schon lange in meinem Herzen bewegt.

Ich werde hier bei euch als Teil der Gemeinschaft einziehen. Jedes Mal, wenn ich hier abreise, bin ich einfach glücklich, es tut so gut hier zu sein, sich frei bewegen zu können, barfuß laufen und auf Bäume klettern zu dürfen, ohne dass jemand blöd schaut. Wenn ich dann bei den üblichen Veranstaltungen wie Konferenzen oder einsam in meinem Büro in meiner Villa sitzend, mit gepflegten Garten, Terminen, Angestellten und Schutzzaun, werde ich oft ganz traurig. Das, was ich früher einmal Leben nannte, war Sklaverei auf großen Fuß. Ja, ich steig da jetzt aus und mir ist auch egal, was die feine Gesellschaft dazu meint. Ich möchte hier mit Euch lachen, musizieren, tanzen und verrückte Ideen umsetzen. Darf ich? Würdet ihr mich aufnehmen? Als Mensch? Nicht nur als Sponsor?" Ihm laufen die Tränen die Wangen herunter. Er trägt eine einfache Jogginghose und ein schwarzes T-Shirt, dazu läuft er heute mal wieder barfuß.

Wir jubeln und einige umarmen ihn.

Ich antworte: „Sehr gerne darfst Du hier einziehen, aber es sind nicht mehr viele Zimmer frei."

Er grinste: „Ich möchte gar nicht im Schloss wohnen, ich möchte mir eine Hobbithöhle bauen. Wer mag mir dabei helfen?" Es melden sich sofort einige Menschen aus unserem Kreis, denn Hubertus hat hier schon häufiger bewiesen, dass er durchaus anpacken kann.

Ich füge hinzu: „Es ist dir aber klar, dass Du hier von Blockaden, Traumata und Ahnenthemen befreit wirst. Dazu darfst Du alle Programmierungen des Patriarchats in Dir löschen. Da gibt es hier ja viele Möglichkeiten, mental, emotional, spirituell oder rein physisch. Als erstes machen wir hier eine genaue Human Design Analyse von dir, damit jeder deine Stärken und Schwächen erfahren darf und du dich selbst besser erkennen kannst. Kennst du das Human Design?"

„Ja, etwas, ich bin übrigens Manifestierender Generator und lerne gerne immer wieder Neues dazu.

Das Thema Manipulation und Gehirnwäsche spielte leider in meinem ersten Leben eine große Rolle, daher möchte ich das nun ganz überwinden. Meine vielen Besitztümer überlasse ich dieser und anderen Kunstoasen. Meine fünf Lieblingspferde würde ich auch gerne mitbringen, wenn möglich. Aber sie sollen hier wie ich ein freies Leben führen dürfen."

Wir jubeln! Ja, da hat doch tatsächlich mal einer der ganz großen Haie in der Wirtschaft den Weg in eine fast autarke Gemeinschaft gefunden! Mögen ihm viele Multi-Millionäre folgen!

Später, gegen 11.00 Uhr schlendere ich mit den anderen Mitgliedern des Weisenrates langsam zum Zeppelin. Während beim allgemeinen Frühstück ausgelassene Partystimmung herrscht, bereiten wir uns mit einem Kakaoritual vor.

Eine weise Frau beginnt nun den Startplatz und die Menschen zu segnen, ein 14-jähriges Regenbogenkind singt einen Gesang in der Lichtsprache, eine andere Frau räuchert und ein älterer Mann trommelt. Ein 20-jähriger

Regenbogen-Lichtkrieger channelt eine Botschaft aus dem violetten Strahl und ein altes Ehepaar stimmt ein heiliges Mantra an. Jeder von uns acht erfüllt seine individuelle Aufgabe. Zuletzt gehe ich mit dem Gefäß, in dem sich die Agnihodra Asche befindet, zum Zeppelin und umkreise diesen dreimal. Beim dritten Mal streue ich dabei die Asche.

Auch, wenn dieses Ritual nach heiligem Affentheater aussieht, entsteht alles aus dem Augenblick heraus, nichts wurde abgesprochen, alles geschieht aus dem Gemeinschaftsgeist und befindet sich in Harmonie zueinander.

Nun erzählt die Zeppelin-Baugruppe kurz etwas zur Geschichte, Technik und Material des Luftschiffes. Im Gästehaus stehen Fotowände und es wird heute ein Video im Internet veröffentlicht.

Ich bin schon unterwegs auf die Dachterrasse des Schlosses. Von dort wehen die kosmischen Klänge einer Handpan herunter. Mein Didgeridoo verstärkt den Klangteppich.

20 Meter unter uns besteigt Hubertus in weiblicher Begleitung den Zeppelin. Alle jubeln. Weitere zehn Gäste besteigen die Flugkabine. Es wird heute viele Starts und Landungen geben, wenn alles so klappt wie geplant. Der göttliche Segen ist mit uns. Ich selbst werde mich bis zur letzten Runde gedulden.

Ausgerechnet der Koordinator der Start- und Landevorgänge ist heute sehr angespannt. Eine Frau aus dem Weisenrat nickt mir ernst zu. Wir beide wissen, dass dieser Mensch zu großer Konzentration und Verantwortung fähig ist und viel technisches Know-how besitzt, aber auch schnell in unkontrolliertes herrschsüchtiges Verhalten umschwenken kann. Ja, er würde eventuell die gesamte Atmosphäre vergiften.

Wir gehen zu ihm, eine rechts, eine links. Als der Zeppelin sich langsam in die Luft erhebt und lautes Gejubel ertönt, legen wir unsere Hände auf seine Schultern und streichen langsam und beruhigend seinen Rücken auf und ab. Ein Glück, er lässt es zu.

Langsam entspannen sich seine Gesichtszüge. Doch dann gewinnt der Kopf wieder die Oberhand.

„ Alles muss ich selbst machen, wozu haben sich denn soviel Helfer gemeldet!" beginnt er zu schimpfen und wehrt sich gegen weitere Berührungen. Wir antworten ihm nicht und gehen langsam aus seiner Aura. Es würde nichts bringen, weiter beruhigend und liebevoll auf ihn einwirken zu wollen. Es würde nur seinen Widerstand verstärken. So tanzen Steffi und ich unter den afrikanischen Rhythmen der Musiker aus Kamerun und freuen uns über den Tag.
Die erste Landung klappt perfekt und unser Koordinator entspannt zusehends, kann sich einige spitze Bemerkungen gegenüber seiner „Mitarbeiter" allerdings nicht verkneifen. Zum Glück nimmt es heute niemand persönlich...

Um unseren glücklichen Sponsor drängen sich viele Menschen, also beobachte ich lieber alles aus einiger Entfernung. Mir fällt auf, dass sich nun sehr viele Glückshormone befreien, während die nächsten 15 Menschen in die Kabine drängen. Der Zeppelin startet ein zweites Mal unter dem harten Befehlston des Koordinators. Kann der denn nicht mal locker bleiben?? Einer unserer Regenbogenkinder nimmt ihn lachend in den Arm und tanzt wild wie ein Narr um ihn herum. Dann brechen beide in Tränen aus. Der Bann ist gebrochen. Nach einem kurzen Gespräch lächelt unser Flugkoordinator und macht Witze. Ich frage den „Narren", was er gemacht hat und dieser antwortet: „Mutterthema..." Dann flitzt er weg. Ok, das reicht auch als Erklärung...

Der große Moment naht, ich darf den Zeppelin besteigen. Bisher sind alle begeistert gelandet.
Ich sitze mit einigen Helfern und Mitgliedern des Weisenrates in der Flugkabine.
Fast lautlos erhebt sich unser Flugobjekt in die Luft. Langsam steigen wir höher und höher, über uns der riesige Ballon. Unter uns erblicken wir die Gärten, den Bauwagenplatz, den Schamanenplatz, den Tierbereich, die

Werkstätten und die anderen Nebengebäude. Das weiße Schloss wird kleiner und kleiner und schließlich verschwindet es unter uns wie ein leuchtender Diamant. Es ist beinahe windstill unter einem wolkenlosen Himmel. Der Zeppelin schwebt über dem Wald und dem angrenzenden See mit dem Fluss langsam und still einige Runden, um sich dann in östliche Richtung treiben zu lassen. Unter uns sehen wir Wald, Hügel, Felder und Dörfer. Vor uns liegt die Großstadt, der wir uns leider nicht nähern dürfen. So dreht der Zeppelin nun gegen den Wind und fliegt gemächlich im großen Bogen zurück zum Schloss. Dabei gleiten wir tiefer und tiefer, bis wir schließlich landen.

Aus dieser meditativen Ruhe werden wir in fröhliche Ausgelassenheit entlassen. Der Zeppelin hat seine Jungfernflüge bestanden. Unsere Ingenieure haben neues technisches Wissen mit altem Erfahrungswissen verbunden. Unser Pilot, ein ehemaliger Segelfluglehrer, wird nun von starken Armen zum See getragen. Lachend ergibt er sich seinem Schicksal und lässt sich vom Steg in

das Wasser werfen. Viele folgen ihm freiwillig, unter lautem Gejubel und Lachen.
Spontan versammeln sich einige Trommler am Ufer und wir plantschen, schwimmen und tanzen, bis die Sonne im Westen die ersten Baumkronen erreicht.
Ich laufe zu meinem Bauwagen, um mich umzuziehen und hole nun schnell mein Didgeridoo. Vor der Bühne sind Tische und Bänke aufgebaut und ein großes Büfett füllt sich mit bunten Salaten, Aufläufen, Rohkost, Obst, Brot, Pasten, Käseplatten, Suppen, Kuchen und Pudding. Dazwischen verteilt eine junge Frau mit ihrer kleinen Tochter bunte Blüten und Früchte. Daneben stehen auf einem kleinen Holztisch Karaffen mit Quellwasser, Säfte und selbstgemachter Limo. Das Küchenteam hat sich selbst übertroffen!
Ich spüre den richtigen Moment und gehe auf die Bühne, um mit meinem Didgeridoo den Beginn des Abends einzuläuten.
Zur Feier des Tages wird heute mal nicht unplugged gespielt. Ich hoffe, unser autarkes Stromnetz hält die Dauerbelastung aus...

Ich spiele also ins Mikrofon und erkenne an den herbeieilenden Menschen, dass die Boxen und die Verstärker ihren Dienst tun. Dann begrüße ich alle Gäste und lade zum Feiern ein. Nach dem Programm wird die Bühne für jeden offen sein. Es wird etwas abseits auch einen Redekreis zum Erfahrungsaustausch der Flugrunden geben. Ich danke allen Menschen, die es möglich gemacht haben, dass der Zeppelin und dieser Tag heute entstehen konnte und bitte alle auf die Bühne. Das soll natürlich ein Witz sein, doch plötzlich ist die Bühne proppenvoll und ich eröffne schnell das Büfett, bevor mir das Mikrofon aus der Hand genommen wird. Menschen, die ihre Ängste, sich zu zeigen, überwunden haben, teilen gerne ein paar Worte und so hören wir beim Essen den kurzen interessanten Reden der Menge auf der Bühne zu. Langsam versammeln sich schon die ersten Musiker und warten geduldig, dass sie beginnen können. Sie verbinden Obertonklänge mit Elektronik ...
Nach einer Vorlesung, einem Mitmachtheater, einer Harfenspielerin und

einem Gitarrenspieler mit Flamenco-Tänzerin wird die Tanzfläche schon voller. Nun ist es fast dunkel und ich helfe die Fackeln anzuzünden, die überall aufgestellt wurden. Auf den Tischen befinden sich nun (gekaufte)Teelichter als Lichtquelle. In den Bäumen, Büschen und Blumenbeeten leuchten die Solarlampen.

Nach einer Reggae band betritt mein Sohn mit seinem Looper die Bühne. Er hat noch einen Rapper kennengelernt, so dass nun ganz spontan eine Rap-Beatbox-Loop-Performance entsteht.

Tiefsinnige Texte, herzöffnende Beats und heilende Stimmfrequenzen, so etwas haben viele hier noch nie gehört. Die beiden Musiker haben sich heute erst kennengelernt, ihre Lebenserfahrungen geteilt und „dissen" sich nun vor Publikum in einer Art und Weise, die erkennen lässt, dass wir alle ähnliche Geschichten durchlebt haben und sie nicht mehr brauchen. Die Erfahrung der Illusion der Trennung liegt hinter uns und dankbar lassen wir sie frei! Die anfangs psychedelischen Klänge aus dem

Looper harmonisieren sich mehr und mehr und der Beatbox meines Sohnes mit den Texten seines neuen Freundes nehmen alle Zuhörer mit...
Danach tritt eine tiefe Stille ein...

Ich sitze nun am Feuer und erblicke Hubertus, den Milliardär.
Er winkt mir begeistert zu und sagt: „ Wie schön und harmonisch hier alles läuft. Gute Vorbereitung!" Ich antworte nur: „Soviel haben wir gar nicht vorbereitet. Hier darf sich jeder einbringen, wie das Herz es vorgibt. Dann geschieht immer das Richtige. Naja, es gab zu wenig Geschirr und niemand hatte Lust abzuwaschen, aber die Stimmung ist viel wichtiger und jeder ist satt geworden. Darauf kommt es an. Die Küche wird heute Nacht oder morgen früh in Partystimmung geputzt, das weiß ich." Ich muss lachen...
Hubertus sagt plötzlich. „Ich fühle mich plötzlich so schlecht mit meinem langweiligen Leben. Weißt Du, dass ich eine riesige Segelyacht besitze mit Swimming Pool,

Personal, Klimaanlage, Cocktailbar und Hubschrauberlandeplatz? Davon brauche ich nichts, wirklich gar nichts. Es diente nur alles dem Status Quo. Ich träume davon, mit einer Gruppe von 20 freien Menschen im Mittelmeer zu schwimmen und dadurch den schlechten Ruf einer Segelyacht als Statussymbol aufzulösen. Wir machen alles gemeinsam, Kochen, putzen, musizieren, Segeln, uns sonnen, schwimmen und Lachen. Aus dem Hubschrauber Landeplatz könnte eine Art Schachspiel entstehen, in dem es um ein gemeinsames Ziel geht, statt darum, Könige zu stürzen...wobei genau das das gemeinsame Ziel sein könnte. Ich denke darüber nach. Die Figuren bauen wir natürlich selber."
Er schaut mich mit nassen Augen an.
Ich sage leise: „Statussymbole der Reichen werden von Lichtkriegern transformiert...Das ist es, überall müssten autarke Gemeinschaften entstehen, die Verbindungen zwischen dem alten und neuem System erschaffen. Natürlich verbindet sich mit künstlich, arm mit reich, Macht mit Liebe und

was am Ende bleibt, ist das natürliche Leben in autarker Gemeinschaft in Verbundenheit zu Mutter Erde und in Liebe. Also das ursprüngliche Leben. Wir durften jeder in allen Inkarnationen alle möglichen Erfahrungen sammeln und kommen jetzt an den Punkt, wo sich alles verbindet. Also bilden wir Gemeinschaften auf Kreuzfahrtschiffen, Öltankern, in ICEs, in Kirchen, in Krankenhäusern, Schlössern und Villen, Klöstern, Rathäusern, Regierungsgebäuden, Kasernen und unterirdischen Militärbasen. Wir recyceln Hubschrauber, Panzer, Waffen, Industriemaschinen und Schutzzäune und trommeln am Lagerfeuer in den Vorgärten der Oligarchen. Die Idee ist uralt und was möglich war, wurde schon umgesetzt. Nun braucht es noch die Überwindung der Angst und den Mut, sich mit den Gesellschaftsschichten zu verbinden, die man bisher abgelehnt hat. Das hat mit Bewusstsein zu tun. Ich freue mich darauf, deine Segelyacht bunt anzumalen, mit Traumfängern und Mandalas zu schmücken, ein Kompostklo einzurichten und einen Gemüsegarten an Deck anzulegen."

Ich halte seine Hand und merke erst jetzt, dass sich unsere Blicke die ganze Zeit berühren und unsere Seelen über diesen Augenkontakt ihre eigene Kommunikation betreiben. Plötzlich spüre ich seine Lippen auf meinen und erkenne, dass hier eine große, neue Aufgabe auf mich wartet...

Auf der Bühne covern ein paar junge Musiker „Die Ärzte". „Deine Gewalt ist nur ein stummer Schrei nach Liebe...". Wie passend! Ist es nicht so, dass wirklich alles Leben, jedes beseelte Bewusstsein auf der Erde sich zurück nach der universellen Liebe sehnt? Ist es nicht so, dass die meisten Menschen immer noch Angst vor Liebe haben und alles tun, um Liebe nicht fühlen zu müssen? Wie viele Erfindungen sind aus Angst entstanden? Nun können wir mit der Schöpfungsmacht der Liebe das gesamte Zeitalter der Angst recyceln in wunderschöne Träume aus bunten Farben und erdigen Rhythmen, psychedelischen Klängen und grenzenlosen Horizonten.

„Geldscheine sind bedrucktes Papier und Papier stammt von Bäumen. Wäre es nicht naheliegend, auf der gesamten Erde die Wüstenbegrünung zu finanzieren?" flüstere ich, während wir uns einer der Liebeshöhlen nähern.

„Das ist eine sehr intelligente Idee, das wird mein nächstes Projekt."

Ich weiß, dass Hubertus die Kontakte, Möglichkeiten, Zeit und Geld besitzt, eine weltweite Bewaldung zu realisieren, nur würde er evtl. sein Leben und das seiner Familie dadurch in Gefahr bringen. Ich fühle mich berufen, seine Seele zu stärken und so tauchen wir in den heiligen Moment dieser Nacht ein...

NACHGEDANKEN

Diese Geschichte ist rein fiktiv und ich sehne mich nach Manifestation. Du auch?

Ich weiß, wenn die richtigen Menschen, die das Feuer ihrer Seele spüren und dieses Brennen explodieren lassen wollen, zusammenkommen, dann wären die ersten Kunstoasen in kurzer Zeit Realität. Durch die Vernetzung, durch Landschaftsheilung, durch Sphärenharmonizer und durch bewusste Gruppenmanifestation könnte der Wandel in höhere Energiewirklichkeiten schnell geschehen.

Dies ist nur eine von vielen Geschichten, Visionen und Sehnsüchten, die vom wirklichen Leben handeln. Bist Du bereit aus deiner Opferhaltung, deiner Komfortzone und Deinem Pseudo-Ich auszusteigen? Wollen wir die Welt verändern? Schreibe mir gerne Deine Vision, Deine Herzenswünsche, Deine Träume...

Die Welt wartet auf Dich, lieber Leser!

NAMASTE!

Kontakt:

Amelie Riedell
www.geburtindieneuewelt.de
geburtindieneuewelt@gmail.com

Weitere Bücher:

„Natürliche Geburt – die Befreiung der Göttin", Sachbuch, 2020 und 2023

„Das Ende des Patriarchat – Heilung durch Vergebung", Fantasie-Roman, 2024

„Die Macht der Liebe – Kurzgeschichten", 2022

In Vorbereitung ist ein weiterer Fantasie-Roman, der an den ersten anschließt:
„In der Höhle des Platon"